唱！宋词

梁俊·编唱

《下册》

北京联合出版公司
Beijing United Publishing Co.,Ltd.

小象汉字

梁俊唱古诗

跟梁俊一起唱宋词

目录

致辞

我们学唱古诗词，

学习语文，

最终学习的，

是如何寻找生命的价值。

李之仪

北宋词人

李之仪出身于书香世家，与苏轼的关系很好，经常相互作诗词唱和。他最擅长作词，追求一种“语尽而意不尽，意尽而情不尽”的意境。

卜算子

［北宋］李之仪

我住长江头，君住长江尾。

日日思君不见君，共饮长江水。

此水几时休，此恨何时已。

只愿君心似我心，定不负相思意。

我住长江上游，你住长江下游，

每一天都想念你而不能相见，只能共饮这长江之水。

这江水何时枯竭，

这离别之苦何时才能止息。

只愿你心和我一样坚定，

就一定不会辜负这一片相思情意。

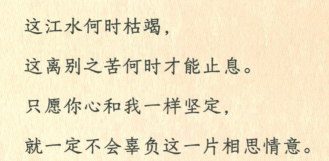

王观

北宋词人

王观才华横溢，词作以构思新颖为特点，能够赋予寻常事物新的比喻和象征意义，因此受到赞誉，并与秦观并称为“二观”。相传他因词获罪被贬谪(zhé)，自号“逐客”。王观留下的作品不多，但都极具个人特色。

卜算子

送鲍浩然之浙东

[北宋] 王观

水是眼波横，山是眉峰聚。

欲问行人去那边？眉眼盈盈处。

才始送春归，又送君归去。

若到江南赶上春，千万和春住。

◎ 盈盈：美好的样子。

水流像眼波漾起，

山峦像眉峰蹙（cù）聚，

要问远行之人去向何处？

是去往如美人眉眼般清丽的江南山水之地。

刚送走了春天，

现在又送你归乡。

如果在江南赶上了还没走远的春天，

一定要和它一起再住段时间。

李清照

南宋词人

李清照出身于北宋书香门第，早年生活优裕。她天资聪慧，才华横溢，很小就因诗作获得了才名，16 岁就写出了《如梦令（昨夜雨疏风骤）》，轰动了当时的京城文学圈，也成为千古传诵的名篇佳作。

婚后她与丈夫共同致力于金石书画的搜集、整理和研究，同时进行诗词创作与研究。后半生经历北宋覆灭，遭遇家破人亡，生活颠沛流离，但这也激发了她将文学创作投向更深刻宏大的题材。

如梦令

[南宋]李清照

昨夜雨疏风骤，浓睡不消残酒。

试问卷帘人，却道海棠依旧。

知否，知否？应是绿肥红瘦。

⊙ 绿肥红瘦：绿叶繁茂，红花凋零。

昨夜风雨疏狂，

酣睡一晚后仍有一点宿醉，

询问卷帘的侍女，

她说院里的海棠经过一夜风雨，

仍然和昨天的一样。

你可知道，你可知道？

那红花明明已被风雨打落，

越来越少，显得绿叶越来越多了。

醉花阴

[南宋]李清照

薄雾浓云愁永昼，瑞脑消金兽。
佳节又重阳，玉枕纱厨，半夜凉初透。

东篱把酒黄昏后，有暗香盈袖。
莫道不销魂，帘卷西风，人比黄花瘦。

⊙ 瑞脑：一种香料。
⊙ 金兽：兽型的铜制香炉。
⊙ 纱厨：古时候的一种纱帐。
⊙ 销魂：离别时的愁苦之情。

薄雾弥漫，天上浓云密布，
悲愁的日子太漫长，
瑞脑香在香炉里缓缓地燃烧着。
又到了一年重阳佳节的时候，
枕着玉枕，躺在纱帐中，
半夜的凉气将身体浸透。

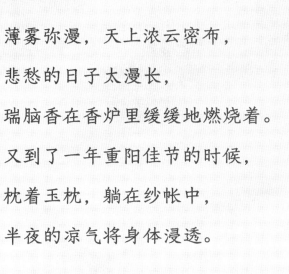

黄昏时候在东篱饮酒，

菊花的香气灌满了衣袖。

别说这深秋不让人忧愁，

萧瑟的西风吹起窗前的帘子，

帘子里的人，比那菊花还要消瘦。

如梦令

［南宋］李清照

常记溪亭日暮，沉醉不知归路。

兴尽晚回舟，误入藕花深处。

争渡，争渡，惊起一滩鸥鹭。

◎ 溪亭：溪边的亭台。

◎ 藕花：荷花。

常回想起那次去溪边亭子游玩，

太阳快落山了，还沉醉其中不愿回家。

直到玩兴尽了才划船返回，

却不小心迷失在荷花丛深处。

想要快点找到回家的路，

使劲摇动船桨，

惊得洲渚（zhǔ）上的水鸟纷纷飞走。

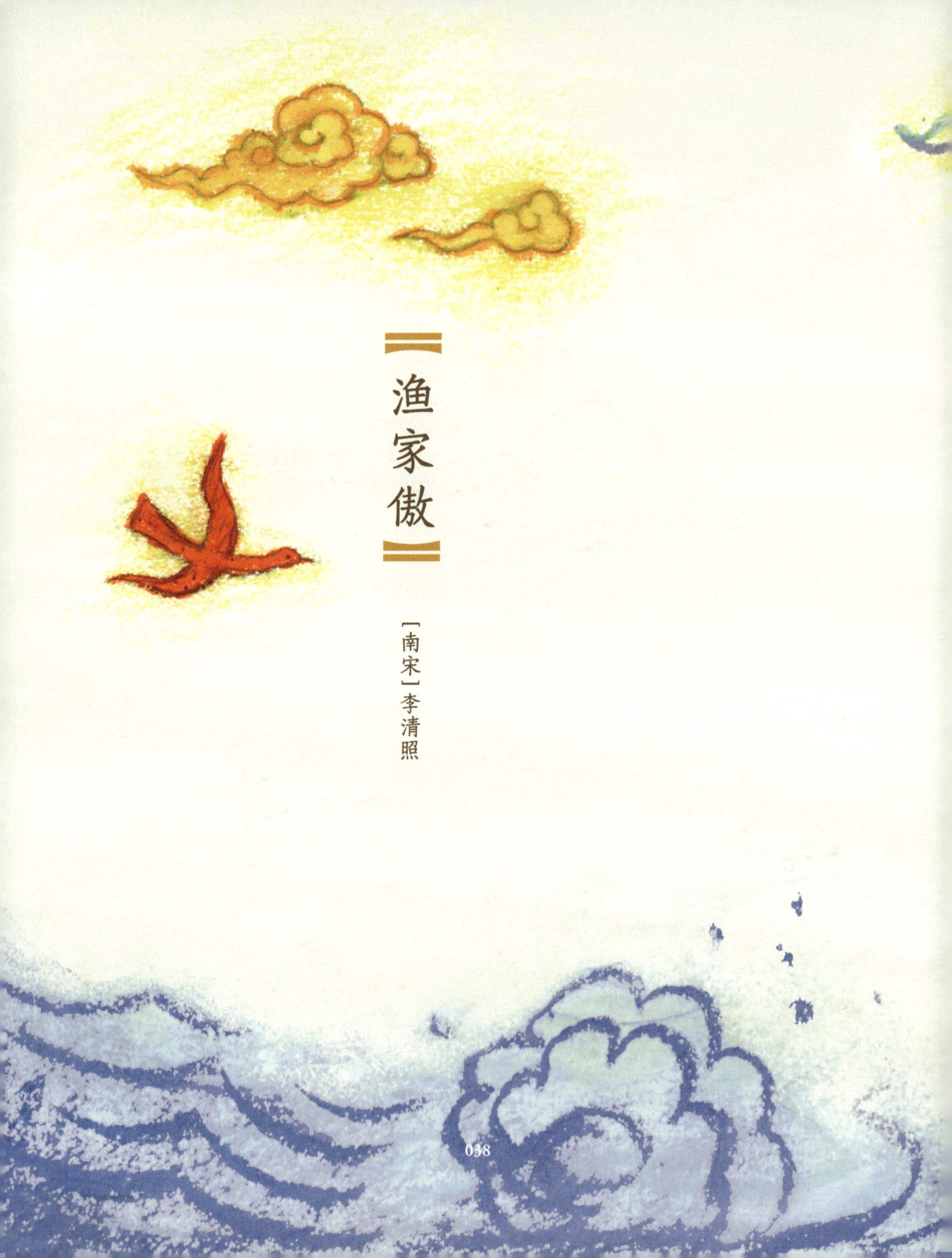

渔家傲

［南宋］李清照

天接云涛连晓雾，星河欲转千帆舞。

仿佛梦魂归帝所。闻天语，殷勤问我归何处。

我报路长嗟日暮，学诗谩有惊人句。

九万里风鹏正举。风休住，蓬舟吹取三山去。

◎ 星河：指银河。

◎ 嗟（jiē）：感叹词。

◎ 三山：传说中的仙山，有蓬莱、方丈、瀛（yíng）洲三座。

晨雾茫茫，天与云连成一片。

星河似乎在旋转，众多的船只在星河中飞舞。

梦中仿佛我的魂魄进入了天帝的住所，

听见天帝的声音，问我说：何处是你的归宿呢？

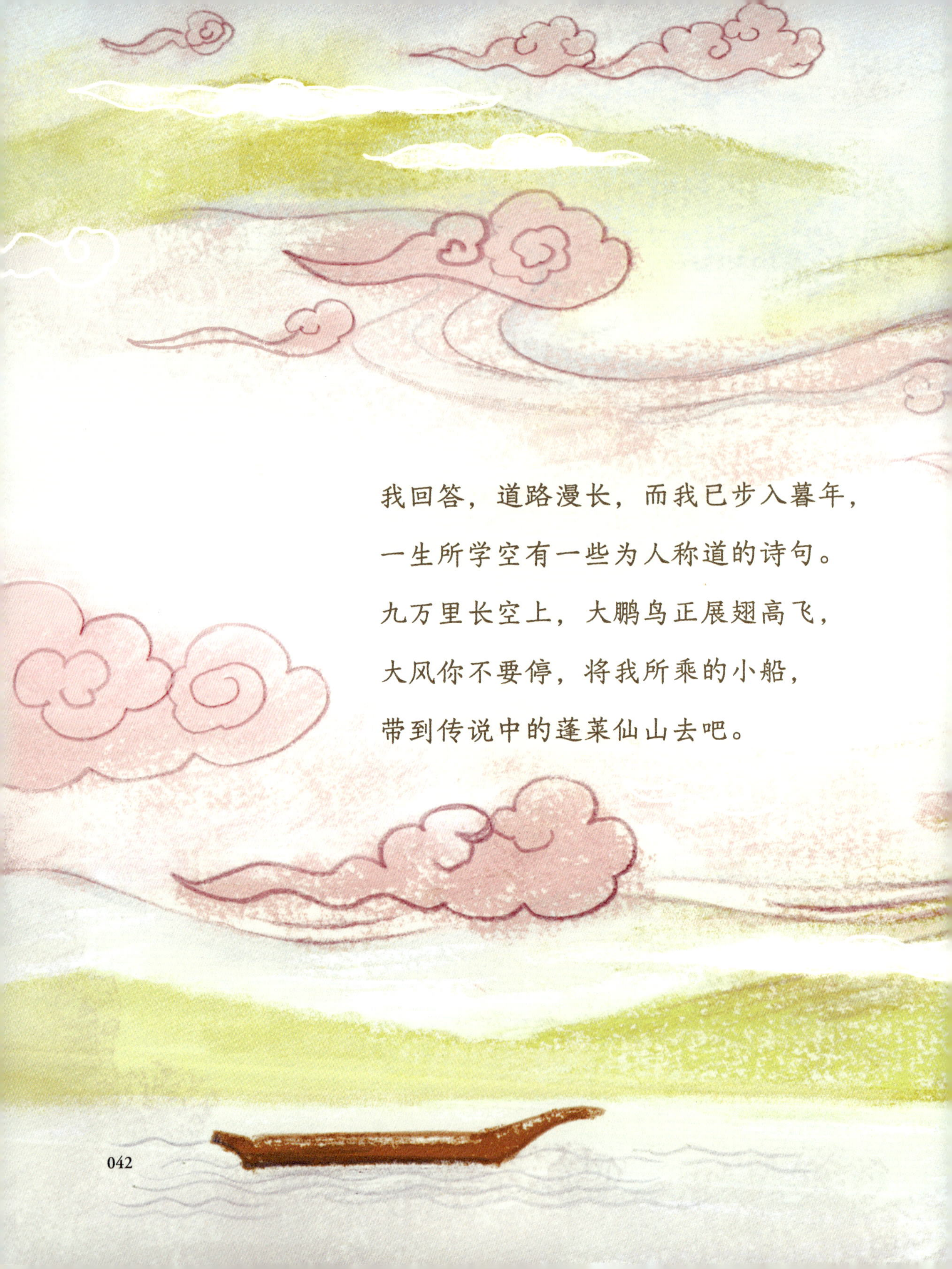

我回答，道路漫长，而我已步入暮年，
一生所学空有一些为人称道的诗句。
九万里长空上，大鹏鸟正展翅高飞，
大风你不要停，将我所乘的小船，
带到传说中的蓬莱仙山去吧。

陆游

南宋词人

陆游的家族是北宋时期的名门望族、书香世家。他出生于两宋之交，成长于南宋。因为金兵入侵，宋朝失去了大片领土，退避到秦岭—淮河以南。民族的矛盾、国家的不幸、家庭的流离给陆游带来了深刻的影响，他一生都在主张振兴国家、收复失地，写过许多慷慨激昂的爱国诗篇。

卜算子

咏梅

[南宋] 陆游

驿外断桥边，寂寞开无主。

已是黄昏独自愁，更着风和雨。

无意苦争春，一任群芳妒。

零落成泥碾作尘，只有香如故。

⊙ 驿：古代官办的交通站，也叫驿站。

⊙ 碾（niǎn）：轧（yà）碎。

驿站外的断桥边，无人照管的梅花寂寞地开放。

在黄昏时分，它独自立在桥边，已是十分惆怅，

更何况还要承受风雨的吹打。

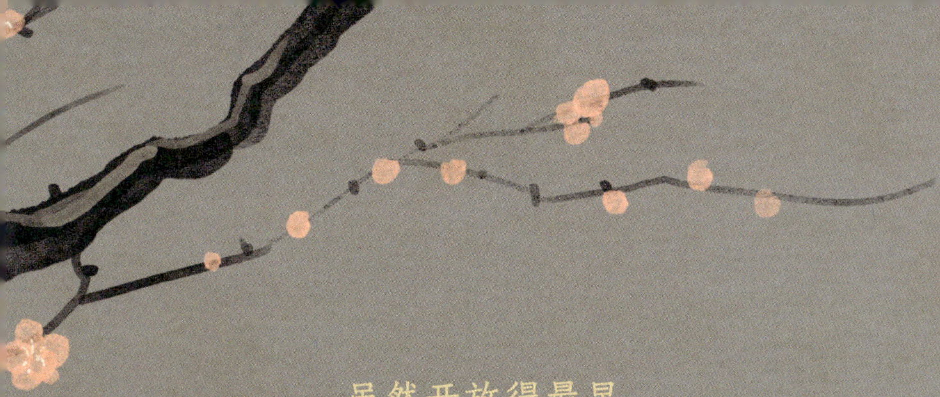

虽然开放得最早，

却无意与春天的百花争奇斗艳，

就任它们嫉妒去吧。

即使花瓣零落，掉进黄泥之中，

甚至被碾作了尘土，

那高洁的香气也会存留世间。

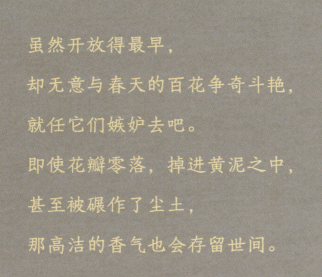

辛弃疾

南宋词人

北宋末年，北方的金人占领北宋大片领土，宋王朝躲到南方，史称“南宋”。辛弃疾就出生在山东，当时是金人占领区，因为不满金人的统治，他一直致力于民间反抗活动。后入南宋朝廷为官，辛弃疾也是朝中主张收复宋朝失地的代表人物。

只可惜当时南宋朝廷未有抗击金人的决心，辛弃疾一生都郁郁不得志，家国情怀只能在他的诗词作品中聊以抒发。

南乡子

登京口北固亭有怀

［南宋］辛弃疾

何处望神州？满眼风光北固楼。

千古兴亡多少事？悠悠。不尽长江滚滚流。

年少万兜鍪，坐断东南战未休。

天下英雄谁敌手？曹刘。生子当如孙仲谋。

◎ 写这首词时，辛弃疾在京口（今江苏镇江）做知府。

◎ 神州：这里是指当时已经沦陷的中原地区。

◎ 年少：指三国时期的孙权，他继承兄长孙策的职位，雄霸江东的时候只有19岁。

◎ 兜（dōu）鍪（móu）：头盔，这里指代士兵。

何处才能看得到中原故土呢？

放眼望去，只有北固楼周边的美好景色。

自古以来，有多少朝代兴盛又衰亡，更替不停。

往事悠悠，只有长江水不停歇地滚滚东流。

孙权年少时便统领千军万马，坐镇中国东南方，

抵御强敌，战事从未中断。

当时天下的英雄中有谁能和他相提并论？只有曹操和刘备。

如果有儿子，就应当像孙权那样杰出。

破阵子

为陈同甫赋壮词以寄之

［南宋］辛弃疾

醉里挑灯看剑，梦回吹角连营。

八百里分麾下炙，五十弦翻塞外声，沙场秋点兵。

马作的卢飞快，弓如霹雳弦惊。

了却君王天下事，赢得生前身后名。可怜白发生！

◎ 作这首词时，辛弃疾被罢官，在江南生活。

◎ 麾（huī）下：部下。

◎ 炙（zhì）：烤熟的肉。

◎ 的（dì）卢：一种性格非常暴烈的快马。

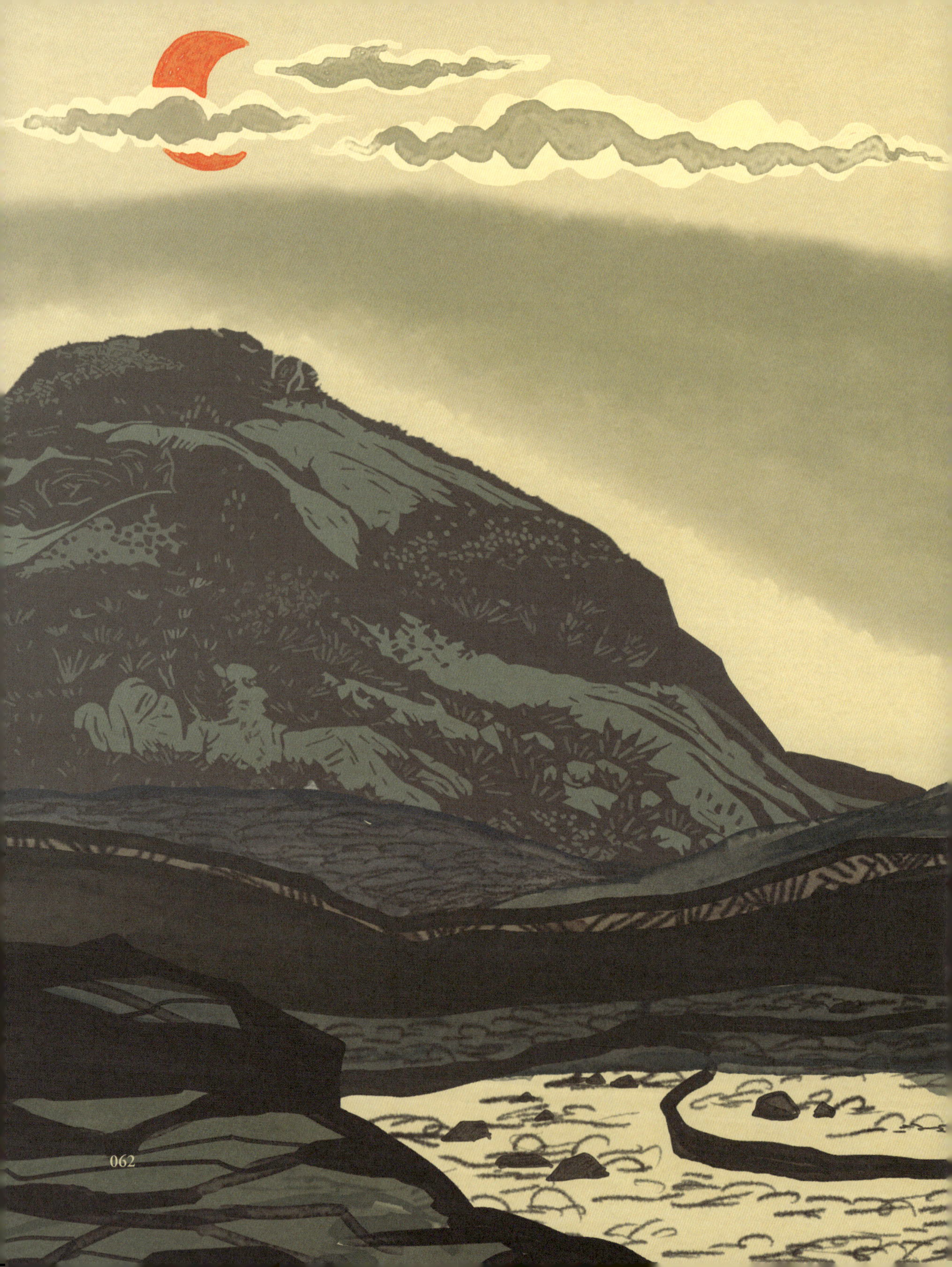

醉眼蒙眬中挑亮油灯，看看我的宝剑，

梦醒后一个接一个的营地吹响了号角。

将烤牛肉分给部下享用，队伍中也演奏起激昂的塞外鼓乐，

秋高马壮，这时的战场上正在检阅军队。

战马跑得像的卢马一样快，弓弦振动之声像惊雷一般，

真希望能为君王平定天下战事，也为自己赢得一世英名。

想着这些畅快的事，可惜头上却白发已生！

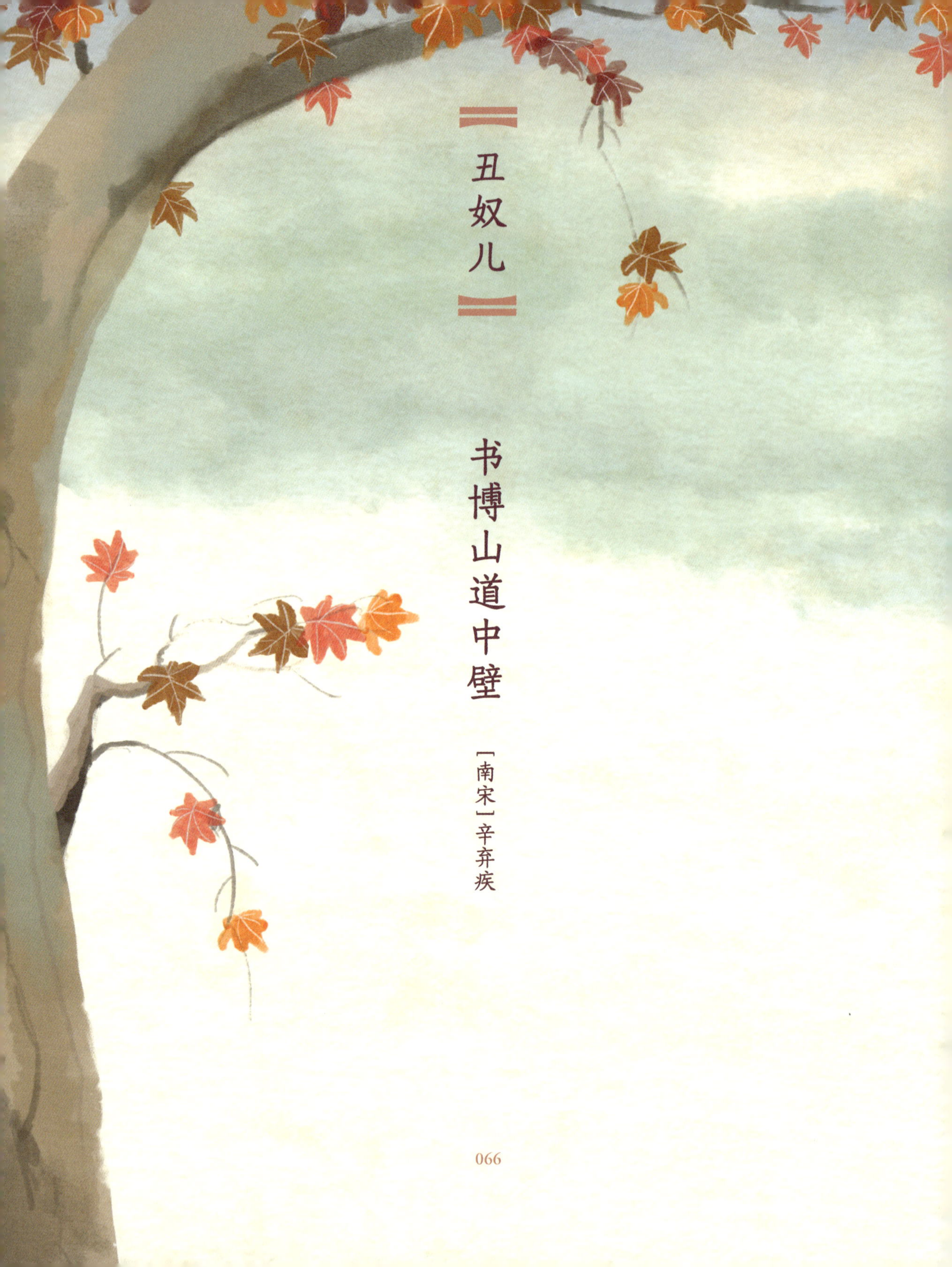

丑奴儿

书博山道中壁

［南宋］辛弃疾

少年不识愁滋味，爱上层楼。
爱上层楼，为赋新词强说愁。

而今识尽愁滋味，欲说还休。
欲说还休，却道天凉好个秋。

◎ 强（qiǎng）说愁：没有愁也要说愁。
◎ 欲说还（huán）休：想说却不知如何说起。

少年时没有体会过真正的忧愁，

那时喜爱登楼远望。

登上楼诗兴大发，

为写出一首新词，勉强自己抒发愁情。

现在我尝遍了忧愁的滋味，

却不知从何说起，

想说却又倾吐无由，

只能感叹一句：天凉了，真是好个秋天啊！

西江月

遣兴

[南宋]辛弃疾

醉里且贪欢笑，要愁那得工夫。
近来始觉古人书。信着全无是处。

昨夜松边醉倒，问松“我醉何如”。
只疑松动要来扶。以手推松曰：“去！”

喝醉酒是为了开心快乐，谁有闲工夫来忧愁。

最近才发现古人写的书，信了却也没有一点儿对的地方。

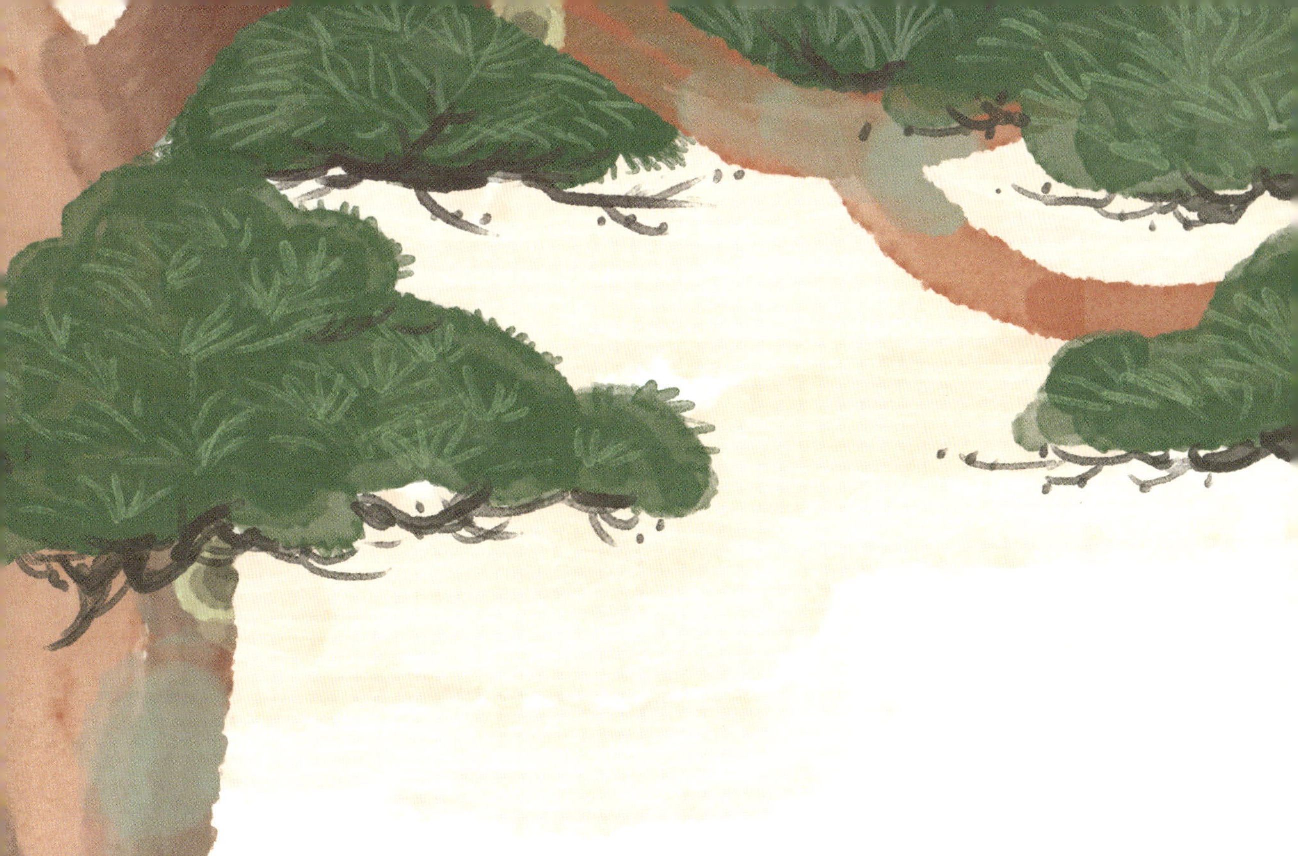

昨晚我在松边醉倒了，

我问松树："我醉得如何？"

醉眼看那松枝摇晃了起来，

我还以为它要来扶我，

于是赶紧用手推它，说："走开！"

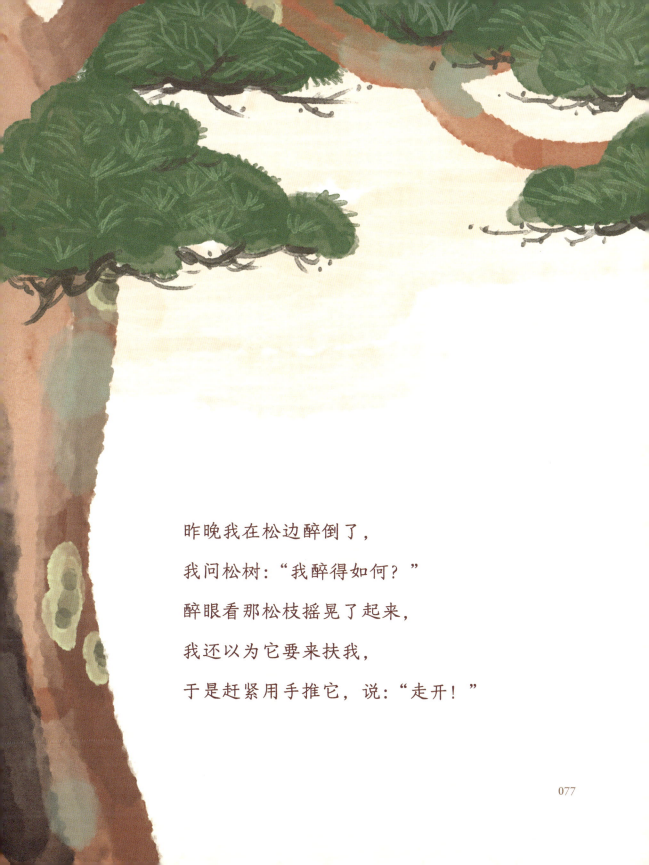

鹧鸪天

送人

［南宋］辛弃疾

唱彻《阳关》泪未干，功名馀事且加餐。

浮天水送无穷树，带雨云埋一半山。

今古恨，几千般，只应离合是悲欢？

江头未是风波恶，别有人间行路难！

◎《阳关》：指《阳关三叠》，是送别的曲子。

◎馀（yú）事：次要的事。

唱完了《阳关》曲，眼泪还没干，

叮嘱朋友，不要再去想建功立业那些无法实现的事，

只要记得好好吃饭，保重身体。

江面辽远，水天一色，

两岸的树木无穷无尽伸向远方，

积雨云厚重，遮盖了青山的一半。

古往今来的遗憾，何止千百种，
难道只有离别才算伤心？
江上的风波还不算险恶，
人间的经历更有它的重重艰难！

清平乐

村居

［南宋］辛弃疾

茅檐低小，溪上青青草。

醉里吴音相媚好，白发谁家翁媪？

大儿锄豆溪东，中儿正织鸡笼。

最喜小儿亡赖，溪头卧剥莲蓬。

◎ 翁媪（ǎo）：翁，老年男性的尊称。媪，老年女性的尊称。

◎ 亡（wú）赖：无赖，指顽皮、淘气。

矮小的茅草房屋檐低垂着，

屋旁的小溪边长满了青草。

是谁家的白发老夫妻，

在用带着醉意的吴侬（nóng）软语说话，

听起来温柔又美好？

大儿子在溪东豆田里锄草，

二儿子在编织鸡笼，

最得宠爱也最调皮的小儿子，

正躺在溪边，剥着莲蓬吃个不停。

【青玉案】

元夕

［南宋］辛弃疾

东风夜放花千树，更吹落、星如雨。

宝马雕车香满路。凤箫声动，玉壶光转，一夜鱼龙舞。

蛾儿雪柳黄金缕，笑语盈盈暗香去。

众里寻他千百度。蓦然回首，那人却在，灯火阑珊处。

- 凤箫：排箫，因为形状参差很像凤凰的翅膀，所以称为凤箫。
- 玉壶：鲍照有句诗形容月亮“清如玉壶冰”，后来大家都用玉壶、冰壶来指月亮。
- 蛾儿、雪柳、黄金缕：当时女子头上插戴的流行装饰品。

元宵夜，满街枝头挂满了千万盏花灯，

升空的焰火像雨点般纷纷落下。

华丽精致的车马来来往往，留下一路芬芳。

笙箫的乐声飘过，月光流转，

一整夜人们舞着鱼形、龙形的彩灯表演不停。

妆扮精巧的美人，带着一身衣香，

有说有笑地走过去。

我在人群中千百次地寻找她，

猛然回头，却见那人正在零落的灯火微微照亮的地方。

西江月

夜行黄沙道中

【南宋】辛弃疾

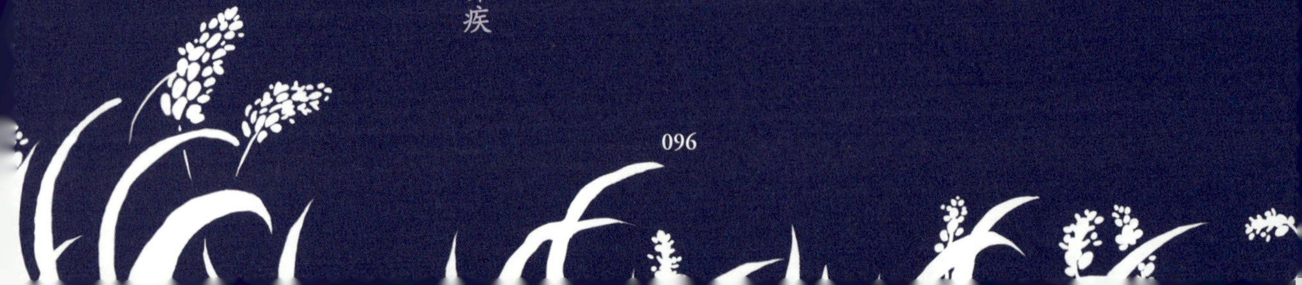

明月别枝惊鹊，清风半夜鸣蝉。

稻花香里说丰年，听取蛙声一片。

七八个星天外，两三点雨山前。

旧时茅店社林边，路转溪桥忽见。

明月升起，惊扰了栖息在树枝上的雀鸟，

晚风吹过，送来半夜的蝉鸣声。

乡野间，弥漫着醉人的稻花香，

人们谈论着即将到来的丰收盛况，

四下里青蛙也叫个不停。

夜空中有稀疏的几点星子，

山脚下时不时落下几颗雨滴，

以前庙旁林边那家歇脚的茅屋小店，

路口一转便出现在小桥那边。

卜算子

齿落

【南宋】辛弃疾

刚者不坚牢，柔者难摧挫。

不信张开口角看，舌在牙先堕。

已阙两边厢，又豁中间个。

说与儿曹莫笑翁，狗窦从君过。

◎ 阙（quē）：同“缺”，缺少。

◎ 狗窦（dòu）：狗洞，这里形容牙齿的空缺。

刚硬的东西其实并不牢靠，柔软的东西反而难以损毁。

倘若不信，我就张大嘴巴给你看看，

那柔软的舌头还在，可坚硬的牙齿却已脱落。

两边的槽（cáo）牙早已缺落，

现在中间的门牙又缺了一颗。

孩子啊，不要笑话我，我这门牙里的“狗洞”，

正好可以任你们爬进爬出呢！

吴文英

南宋词人

吴文英以词作闻名，通音律，会作曲。他的词作师承周邦彦，讲究格律，构思精巧，充满了奇异的想象力。被称为“词中李商隐”。

风入松

［南宋］吴文英

听风听雨过清明。愁草瘗花铭。
楼前绿暗分携路，一丝柳、一寸柔情。
料峭春寒中酒，交加晓梦啼莺。

西园日日扫林亭。依旧赏新晴。
黄蜂频扑秋千索，有当时、纤手香凝。
惆怅双鸳不到，幽阶一夜苔生。

◎ 瘗（yì）：埋葬。

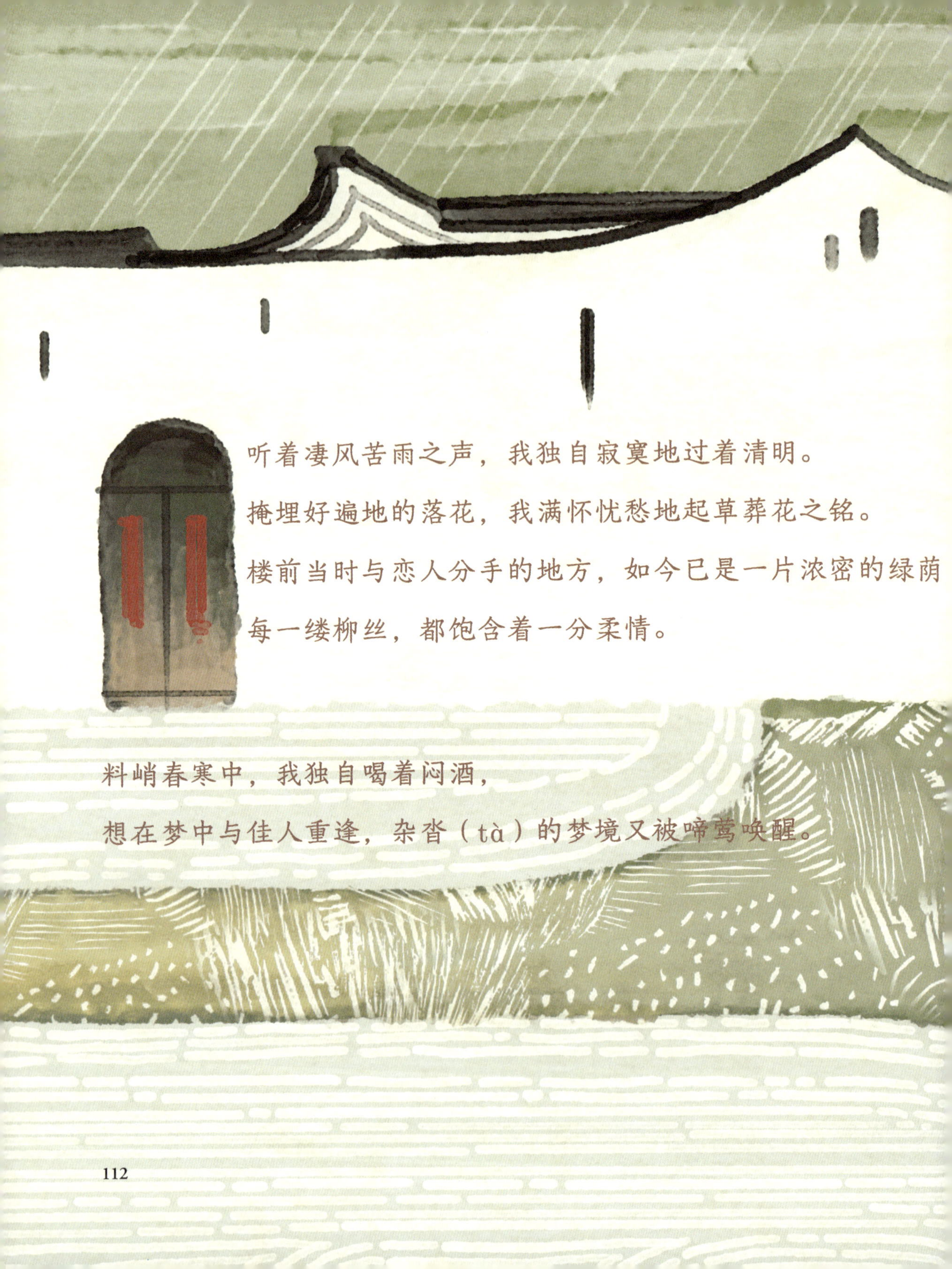

听着凄风苦雨之声，我独自寂寞地过着清明。

掩埋好遍地的落花，我满怀忧愁地起草葬花之铭。

楼前当时与恋人分手的地方，如今已是一片浓密的绿荫

每一缕柳丝，都饱含着一分柔情。

料峭春寒中，我独自喝着闷酒，

想在梦中与佳人重逢，杂沓（tà）的梦境又被啼莺唤醒。

西园的亭台和树林，每天我都派人去打扫干净，

仍旧喜欢到这里来欣赏新晴的美景。

蜜蜂频频扑向你荡过的秋千，

绳索上有你当时纤手握过而留下的芳馨（xīn）。

我是多么惆怅伤心，

你绣着鸳鸯的鞋子不会再踏上这里。

幽寂的台阶上，

仿佛一夜之间已苔藓青青。

杨万里

南宋词人

杨万里是南宋自成一家的诗人，因号诚斋，大家就把他独具一格的诗歌称为“诚斋体”。他与陆游、尤袤（mào）、范成大被并称为南宋“中兴四大诗人”。杨万里和陆游一样，主张抗击金人，收复失地，因此也创作过许多爱国诗歌。他的词作风格与诗歌一脉相承，以新奇活泼见长。

昭君怨

咏荷上雨

［南宋］杨万里

午梦扁舟花底，香满西湖烟水。

急雨打篷声，梦初惊。

却是池荷跳雨，散了真珠还聚。

聚作水银窝，泻清波。

午睡时，梦见在西湖荷花间泛舟，

湖上水汽氤（yīn）氲（yūn），飘满了荷叶的清香；

忽然一阵急雨打在船篷上，雨落之声把我惊醒。

原来是庭院荷花池里，雨点正敲打着荷叶；

水珠蹦蹦跳跳，像珍珠一样四散开来，

最后聚集于荷叶心处，如同一窝泛光的水银。

词牌有很多，大部分如今已经无法搞清楚来由，但大体上有这样几种。

◎宋代以前就存在的曲子◎

比如唐朝教坊的曲子。

教坊是唐朝管理流行音乐的机构，乐器演奏、唱歌、舞蹈、排戏，还有唐朝各种各样好看的百戏，都归这里管理。所以这里有乐师，有歌伎，有人创作、有人演绎。

《鹊踏枝》就是来自唐朝教坊的曲子，后来改为我们很熟悉的《蝶恋花》，如果想写抒发情感的作品，可以选用这一词牌。

《菩萨蛮》，据说唐朝时期女蛮国入朝进贡，女蛮国的人梳着很高的发髻，戴着金冠，身上挂满了珠宝，看起来像菩萨一样，因此教坊作了《菩萨蛮曲》，在当时是风靡一时的曲子。

◎根据词的内容起名◎

《忆秦娥》，因为以这个格式写出来的第一首词的开头是“箫声咽，秦娥梦断秦楼月”，所以词牌名字就叫《忆秦娥》或者《秦楼月》。

《忆江南》，原本的名字叫《望江南》，又叫《谢秋娘》，因为白居易有一首咏叹“江南好”的词，最后一句是“能不忆江南？”，所以词牌又被叫作《忆江南》。

词牌初创的时候，原本名字往往和内容是相匹配的，《踏歌词》咏的是舞蹈，《渔歌子》唱的是打鱼，《浪淘沙》说的就是浪淘沙……但在创作发展中，词人们任选自己觉得合适的调来写自己想表达的内容，渐渐就产生了词牌和内容无关的现象。有时候，为了更好地说明这首词的内容，词人们会在词前加上说明的词序，拟定题词。

词与诗有什么不一样

我们读过很多古诗，会感觉到每个句子的字数大多是固定的，五个字、七个字的比较多，整整齐齐。词的句子字数却一会儿多，一会儿少，没有什么规律，这是因为词原本是根据曲谱填写的。

最早的词是民间音乐，内容通俗简单，之后文人填词，也是在此风格基调上创作，所以内容也多为表达普世情感，遣词造句更口语化，好听、好懂，大家都爱听爱唱。

这与古诗、文章很不一样。

中国古典文学有“诗言志”“文以载道”的传统，是说诗是用来表达作者的思想抱负的，文章是用来阐明道理的。由此我们可以看出，诗文通常是很严肃的，尤其经过唐朝李白、杜甫、韩愈等大诗人的写作，成为了正统文学的代表。

词出现之后，文学家们发现这一形式居然可以表达一些诗文当中不易表达的情感，尤其是婉转或艳丽的爱情、不好述说的愁绪，结果又把这一流行音乐搞成了文学事件，最终，词的创作艺术进一步发展和成熟，音乐在流传的过程中逐渐消亡，变成了我们今天熟知的独具文学性的词。

编者简介

梁俊

希望“长时间做一件不起眼的小事”，自称“一个用音乐教语文的老师”，提倡诗性教育，曾去贵州石门坎乡支教，创新地采用现代的民谣音乐为古诗词谱曲，用诗歌吟唱的方式，教山区的孩子们识字、识情、识意，让孩子从心底爱上语文，爱上诗歌，爱上写作。

曾将孩子们的作品整理成书出版，起名《乌蒙山里的桃花源》。至今已为一百多首诗歌谱曲，参加央视《经典咏流传》节目，并演唱《苔》，得到广泛关注。

编著作品有《唱！童谣》《唱！古诗》等。

编写说明

◎ 选编 ◎

《唱！宋词》是专为儿童初识宋词而编选，因此在选词时偏重考虑儿童的喜好。

儿童喜欢歌唱，因此我们选择优美且易于歌唱的词。这些词通俗易懂，音韵和谐优美，契合词学家龙榆生在《选词标准论》中所言：“便歌”。

宋词中，名家名作非常多，“豪放派”和“婉约派”也是大家最为熟知的风格。在浩瀚的宋词资料库中，我们注意到还有一类词作，非常适合儿童阅读。

从《诗经》中的《齐风·鸡鸣》到陶渊明的《责子》诗，再到唐诗中的谐趣、幽默，俳谐一脉在诗歌发展中不断演化，在宋词里也不乏它们的身影。大词人也作俳谐小品。如苏轼游戏之作《菩萨蛮·回文》。又如柳永的《红窗迥（小园东）》，不求言志载道，也不固守“温柔敦厚”的规范，诗词归于文学与自然。又如辛弃疾的《卜算子 · 齿落》：

刚者不坚牢，柔者难摧挫。
不信张开口角看，舌在牙先堕。

已阙两边厢，又豁中间个。
说与儿曹莫笑翁，狗窦从君过。

俳谐词以清新脱俗、幽默风趣、灵动的文学风格为特点，对处于认知发展阶段，偏爱简单易懂、有趣活泼事物的儿童来说，具有特别的吸引力。我们深信俳谐词是儿童词学启蒙的不二之选，因此在书中多有选录。

以优美的便于歌唱的词为基础，以俳谐词增添趣味，同时挑选适合儿童的经典“豪放派”和“婉约派”词作，将它们编撰成《唱！宋词》。

◎ 音乐 ◎

《唱！宋词》的作曲分为两部分：

首先是原创曲，由梁俊和唐可作曲。其中的《江城子·乙卯正月二十日夜记梦》和《青玉案·元夕》广受欢迎。这部分曲目情感真挚，朗朗上口，易学易传唱，曲调简约动听，贴近人心，犹如土地上生长的歌谣。

其次是改编曲，由梁俊提供创意，曾乐操刀。我们将宋词嵌入不同时代、不同语言的经典音乐作品中，使之情感共鸣。对家园的思念和对自身命运的感慨，不仅促使李煜谱写了《虞美人》，也让颠沛流离的犹太人倾诉《多娜多娜》（*Donna Donna*）；对生命终极意义的追问，则激发了李清照创作了《渔家傲》，以及巴赫的BWV645号康塔塔《醒来吧，一个声音在呼唤》（*Wachet auf, ruft uns die Stimme*）。我们以情感将二者相连，融为一曲。这一部分音乐承载着人类共通的情感体验，其表达更为雅致。它宛如一杯清香的茶，引人细细品味。

《唱！宋词》聚集了八位歌者，他们用动听的音色，以及独特的个人风格，为我们演绎了宋词之美。

特别需要为大家介绍的是，起初和小样，这两位小学生，用天真无邪的童声，为俳谐词增添一份灵动和趣味。盲人歌手兰婷，以其空灵缥缈的歌声，诠释了婉约词的细腻和柔美。音乐老师胡坤，用沉静的声音，将宋词中内敛的情感娓娓道来。曾以《画》打动《中国好歌曲》观众的音乐人树子，用清澈的嗓音唱出了返璞归真的意境。彩虹来乐队主唱孟京辉，用他浑厚有力的嗓音，唱出了宋词中豪放的气势。

⊙ 插画 ⊙

宋词之美，美在“言有尽而意无穷”。一首词不过几十字，却能为我们勾勒出丰富的场景，表达出丰沛的情感。阅读宋词，在短短的言语之间，我们可以用想象构建出一个故事，故事里有景、有情、有意境、有韵味，这便是读宋词的趣味。

因此，给孩子的宋词绘本，我们对插画有如下考量：首先，需要与词作表达的内容、风格匹配；其次，尽量不将词中的意象具体化；第三，希望运用丰富的图像向孩子们呈现一首词的韵味；第四，尽力在古典与现代之间搭建理解和审美的桥梁。

总之，我们希望用画面辅助阅读，它不单承载着审美功能，也能够帮助孩子们运用想象去体会词作所表达的情景与情感。

以上便是整本书在选编、音乐与插画等部分的考量。

希望孩子们会因本书而爱上宋词。

《唱！宋词》编辑组

致谢

《唱！宋词》一书历经两年多时间，终于可以跟小朋友们见面了。感谢前前后后这么多伙伴的努力，尤其是全体音乐和美术伙伴，没有音乐与插画，《唱！宋词》便不能构建出独特的宋词世界。

感谢大家的努力，让这本书终于面世。

音乐伙伴

◎小朋友的声音◎

起初

梁俊和周晓丹的儿子。他是管乐团的小号手，是校足球队队员，是在《唱！童谣》《唱！古诗》歌声中长大的孩子。

小样

李景辉和覃俊的女儿。她是音乐老师宠溺的孩子，是戏剧社的成员，是对这个世界充满好奇心的女孩。

◎大朋友的声音◎

梁俊

“和诗以歌”教语文的前支教老师，《唱！童谣》《唱！古诗》的编唱者。

兰婷

以“用声音疗愈人心”为志向的盲人歌者。

胡坤

音乐老师，音乐教育专业毕业，小朋友们的“大朋友”。

树子

音乐唱作人，给人宁静的歌者，曾发行专辑《2010银河之外》等。

孟京辉

歌者。迪士尼动画电影《海洋奇缘》插曲《我的家》《千山万水》的演唱者。

特邀

罗雨欣

心理学在读研究生。全职浴室歌手，养成系钢琴家。

◎ 作曲与编曲 ◎

梁俊　会弹吉他的前支教老师。

唐可　优秀的吉他手。

阿曾　优秀的钢琴手。

曾乐　优秀的音乐制作人。

◎ 美术伙伴 ◎

张乐家

美国雪城大学插画系研究生毕业，作品曾获美国洛杉矶插画家协会插画奖、iJungle 插画奖和菠萝圈儿国际插画奖首奖——金菠萝奖等。

张亚宁

插画师，插画风格多样，插画作品曾入选“陈伯吹国际儿童文学奖”原创插画展。

高婧

插画师，绘本创作者。作品曾多次获冰心图书奖、上海好童书奖等，插画作品曾多次入围Hiii Illustration 国际插画大赛及菠萝圈儿国际插画奖，作品曾在北京、上海、广州，以及意大利、俄罗斯、芬兰等地展出。代表作有《十万山花开》《我的家在京岛》《唱！童谣》等。

小象汉字

梁俊唱古诗

唱！宋词

—— 小象汉字出品 ——

特约策划 | 刘良鹏
特约编辑 | 屈聪
特约审校 | 沈书枝
装帧设计 | 言炎

图书在版编目（CIP）数据

唱！宋词：全二册 / 梁俊编唱. -- 北京：北京联合出版公司，2024.7

ISBN 978-7-5596-7545-3

Ⅰ. ①唱… Ⅱ. ①梁… Ⅲ. ①宋词－儿童读物 Ⅳ. ① I222.844

中国国家版本馆 CIP 数据核字 (2024) 第 068927 号

唱！宋词（全二册）

作　　者：梁俊
出 品 人：赵红仕
责任编辑：龚将

北京联合出版公司出版
（北京市西城区德外大街 83 号楼 9 层 100088）
上海盛通时代印刷有限公司印制　新华书店经销
字数 18 千字　185 毫米 × 230 毫米　1/16　18 印张
2024 年 7 月第 1 版　2024 年 7 月第 1 次印刷
ISBN 978-7-5596-7545-3
定价：128.00 元（全二册）
